Les monuments DE L'OMBRE

1 - L'énigme du chevalier

24-32 rue des Amandiers, 75020 PARIS

Direction générale : Gauthier Auzou ; Responsable éditoriale : Maya Saenz-Arnaud
Création graphique : Alice Nominé
Responsable fabrication : Jean-Christophe Collett ; Fabrication : Abella Lang

ISBN : 978-2-7338-3403-9
Dépôt légal : janvier 2015. Imprimé en Pologne.

Les monuments DE L'OMBRE

1 - L'énigme du chevalier

Écrit par Alain Surget
Illustré par Mary-Gaël Tramon

AUZOU romans Pas de géant

1 La brèche mystérieuse

Dans la partie médiévale du Louvre, à Paris.

— Au Moyen Âge, le Louvre était un arsenal intégré dans l'enceinte qui entourait Paris, explique une guide à des élèves de CM2 d'une école parisienne. Le roi Philippe Auguste avait décidé de protéger la ville car il était en guerre contre les Anglais.

La jeune femme mène la classe le long des anciennes fortifications du château, dans la partie souterraine du musée.

Elle montre les ruines des remparts qui occupent tout un côté du sous-sol.

— Construite au début du XIIIe siècle, la forteresse se présentait comme un carré entouré de fossés, et flanqué de tours dont vous pouvez encore découvrir les parties inférieures. Seules les façades nord et est sont encore visibles aujourd'hui.

— Il n'y avait pas de donjon ? demande un écolier.

— Si, bien sûr, répond la guide. Le roi a fait bâtir un énorme donjon rond de trente mètres de haut et de quinze mètres de diamètre.

— C'est là qu'il vivait ? s'enquiert une fillette.

— Non. Le roi Philippe Auguste résidait dans son palais de l'île de la Cité, mais il entreposait au Louvre son trésor et ses archives.

— Son trésor ? s'écrie une voix. Il y est encore ?

L'enseignant fronce les sourcils en regardant l'élève qui vient de parler, une façon de lui intimer l'ordre de ne plus importuner l'employée du musée par des questions farfelues.

— Le donjon a disparu, poursuit la guide, car les rois successifs ont transformé le Louvre afin de l'agrandir, lui donnant au fil du temps sa forme actuelle. Mais puisque vous faites allusion à un trésor…

Elle laisse planer sa phrase avec un petit sourire. Les élèves ouvrent des yeux tout ronds.

— Quoi ? Il y aurait encore des pièces d'or ici ? lance une fille au minois friand. Personne n'a pensé à les rechercher, depuis le temps ?

— Ça te plairait bien de les découvrir, Morgane, lui répond le maître. Elle est terrible, ajoute-t-il en s'adressant à la guide. Morgane est une aventurière en herbe. Et son cousin Ludovic la suit comme son ombre. Ce sont deux élèves brillants, doués d'une grande perspicacité et à l'imagination débordante.

— Nous reparlerons du trésor dans un instant, continue la guide en les conduisant vers la partie nord de l'ancien château. Le donjon servait aussi de prison. Seuls les prisonniers de marque étaient enfermés dans ses geôles.

Ils arrivent dans une salle basse occupée par deux colonnes massives plantées en son milieu.

Morgane repère tout de suite une énorme brèche dans le mur de droite, barrée par une bande rouge et blanche. Elle s'approche de son cousin, lui pince le coude et, d'un mouvement de la tête, elle lui indique l'ouverture dans les pierres.

— Tu crois qu'ils sont en train de fouiller les souterrains du Louvre pour retrouver le trésor ? murmure Ludovic.

— Je donnerais cher pour aller voir ce qu'il y a derrière ce mur écroulé… chuchote Morgane.

La guide laisse les enfants observer l'architecture du lieu, puis elle rappelle leur attention.

— Cette salle a été bâtie au temps de Saint Louis, le petit-fils de Philippe Auguste. On raconte qu'il rendait la justice sous un gros chêne, mais le roi siégeait aussi dans cette salle quand il s'agissait de régler les querelles entre les grands seigneurs.

La jeune femme attend des remarques de la

part des élèves, mais comme aucun ne lève le doigt, elle précise :

— Les voûtes, à présent détruites, reposaient sur ces deux colonnes ainsi que sur des supports incorporés dans les murs.

Morgane décide alors de poser la question qui la démange.

— Il mène où, ce trou ? Dans une autre pièce ?

— La salle où nous nous trouvons n'a été découverte qu'en 1886, lui apprend la guide.

Elle se compose un petit air énigmatique en complétant :

— Mais ce qu'il y a de l'autre côté... Des archéologues ont déniché un parchemin indiquant qu'un chevalier templier y serait peut-être enterré.

Ne voulant pas se cantonner à un simple rôle d'accompagnateur, l'enseignant choisit d'intervenir.

— Les Templiers, c'étaient des chevaliers partis en croisade, et qui ont rapporté un fabu-

leux trésor d'Orient. Devenus des sortes de banquiers, ils ont même reçu en dépôt l'argent du roi Philippe le Bel.

— Philippe le Bel était le petit-fils de Saint Louis, spécifie la guide. Voyez comme le temps passe, puisque ce roi a vécu un siècle après Philippe Auguste. Cela faisait donc une centaine d'années que le château du Louvre avait été édifié…

Le professeur confirme d'un hochement de tête avant de poursuivre :

— Mais Philippe le Bel avait besoin d'argent pour financer ses guerres. Aussi a-t-il voulu s'emparer des richesses des Templiers. Il les a tous fait arrêter, torturer et exécuter ! Le grand maître de l'ordre des Templiers, un certain Jacques de Molay, a été brûlé vif sur l'île de la Cité, en face du quai des Augustins.

— Pourtant, le roi n'a jamais réussi à mettre la main sur le trésor des Templiers, achève la guide.

Un profond silence. Intrigués, les élèves se tournent vers le mur écroulé derrière lequel règne une demi-obscurité chargée de mystère.

— Et… ? laisse traîner un gamin.

— Les coffres seraient là-derrière ? suppose un autre.

— Ce serait trop simple, glisse Morgane à son

cousin. Le trésor est ailleurs… s'il existe toujours.

— Le trésorier du Temple était enfermé dans le donjon, souligne la jeune femme. On racontait à l'époque qu'il avait réussi à s'échapper, et que le roi avait lancé quantité d'hommes à sa recherche. Nous ne sommes plus très sûrs de son évasion, à présent. D'après nos archéologues, il serait mort dans sa prison puis aurait été enterré sous le Louvre, à l'insu de tous, emportant un indice dans sa tombe. Un indice permettant de localiser ce fameux trésor, appuie-t-elle, provoquant une série de cris étouffés.

— Vous savez ce que c'est qu'un trésorier, les enfants ? demande le maître.

— C'est celui qui compte les sous et les garde dans un coffre. Comme l'intendant, à l'école, lance un gros garçon.

L'enseignant sourit et fait oui de la tête. La guide reprend son explication.

— On pense que les trois gardes qui le surveillaient auraient été grassement payés pour s'occuper de cacher son corps, laissant croire à tous qu'il s'était enfui par un tunnel. D'après les archives dont nous disposons, trois gardiens du Louvre ont été assassinés peu après l'exécution de Jacques de Molay.

— Il restait donc des Templiers à Paris, déduit le professeur, pensif. Ils se sont débarrassés des trois hommes pour être sûrs de leur silence.

— Des Templiers ou un autre ordre, corrige la jeune femme. Ils espéraient sans doute récupérer l'indice pour retrouver leurs richesses, mais le donjon a servi de résidence royale peu après. La présence d'innombrables serviteurs et de soldats les en a empêchés.

Une fillette, à la chevelure aussi rousse que le poil d'un renard, fronce les sourcils et s'écrie :

— Le chevalier-trésorier aurait été enterré

dans le donjon de son ennemi ? Je ne le crois pas !

— Quelle meilleure cachette ? s'exclame l'enseignant. Qui aurait pu se douter, en ce temps-là, que l'homme le plus recherché du royaume gisait sous les pieds du roi ?

— Alors…

Le mot plane. Les enfants sont figés, les yeux rivés sur la brèche. Morgane ressent un picotement derrière la nuque. Un mystère est là, devant elle, l'invitant à une folle aventure. Elle en a le souffle coupé de penser qu'un chevalier, mort il y a sept cents ans, repose avec son secret à seulement quelques pas de là. Sa voix brise tout à coup la tension qui règne dans le groupe.

— Comment s'appelait ce chevalier ? demande-t-elle.

— Jehan de Maheut.

Le nom est tombé des lèvres de la guide sans même qu'elle en ait pris conscience.

— Des recherches sont en cours, reprend-elle en s'éclaircissant la voix. Une équipe d'archéologues est en train de percer un tunnel en direction de l'ancien donjon. Ils espèrent tomber sur la fameuse fosse renfermant les restes de Jehan de Maheut.

— Et son secret ! appuie Morgane.

— Et son secret, répète la guide d'une voix grave.

La jeune femme s'apprête à rassembler la classe autour d'elle pour la mener vers la sortie, lorsqu'elle souffle :

— Pourtant, il y a quelque chose d'étrange. Vous remarquerez que les travaux sont arrêtés.

— Les ouvriers craignent un éboulement, hasarde une fillette.

— Non. Cela date juste d'hier. Un ordre venu d'en haut a stoppé les fouilles, lâche l'employée. L'équipe ne reviendra chercher son matériel que dans les prochains jours.

— D'en haut… de tout en haut ? s'étonne le professeur.

— Les ministères ne sont pas concernés, se hâte de répondre la guide, regrettant déjà ses paroles et refusant de se confier davantage. Mais oubliez cela. Venez ! Nous allons passer maintenant dans les salles supérieures.

Garçons et filles lui emboîtent le pas. Morgane et Ludovic se laissent volontairement distancer.

— J'ai l'impression que quelqu'un se réserve le droit d'explorer à son compte le souterrain du Louvre, murmure-t-elle à son cousin. Ludo, s'il y a un secret là-bas, il est pour nous.

Le garçon pile net. Il regarde sa cousine droit dans les yeux.

— Quoi ? Que… qu'est-ce que tu as derrière la tête ? bredouille-t-il.

— Demain, nous partirons à l'école avec des

lampes-torches dans nos sacs… mais nous tomberons brusquement malades en cours de route.

— Pour nous retrouver devant le Louvre, comprend Ludovic, une pointe d'anxiété dans la voix.

Morgane acquiesce avec un sourire coquin.

— Ne t'occupe pas de savoir comment nous entrerons, j'ai mon idée. Une fois dans la salle basse Saint-Louis, nous irons jeter un œil dans la partie interdite.

Ludovic regarde une dernière fois la brèche avant de quitter la salle.

— Mais… mais… balbutie-t-il, ça peut être dangereux.

— J'espère bien, crâne la fillette, sinon l'aventure n'aura pas de goût !

— On peut se faire prendre. Ou recevoir une pierre sur la tête. Ou… ou…

— Nous serons prudents.

— Et puis… et puis… ajoute Ludovic sans

trouver d'arguments pour la faire renoncer à son projet.

— Et puis nous deviendrons célèbres ! claque Morgane pour lui clouer le bec.

2 Le chemin de l'ombre

Le lendemain matin, le sac au dos, Morgane et Ludovic patientent à l'entrée du Louvre. Le garçon danse d'un pied sur l'autre, à la fois inquiet et excité par l'aventure. Morgane est beaucoup plus calme, sûre d'elle, bien déterminée à mener son affaire jusqu'au bout.

— Ah ! se réjouit-elle. Voilà enfin ce que j'attendais !

Ludovic suit son regard. Un grand nombre de jeunes approche, longue file étirée sur des dizaines de mètres.

— Il y a plusieurs classes, constate-t-il. Vu la taille des élèves, ce sont des sixièmes et des cinquièmes.

— Mêlons-nous à eux quand ils entreront dans le musée, indique Morgane. Une fois à l'intérieur, nous suivrons ceux qui descendent vers la salle basse. Les gardiens et les guides penseront que nous faisons partie du groupe.

— Et les profs ? objecte son cousin. Ils connaissent leurs élèves, eux.

— S'ils s'adressent à nous, nous répondrons que nous réalisons un exposé pour notre école. Ils ne trouveront rien à redire à cela. C'est simple, non ?

— Dans ta bouche, tout est toujours si simple, souffle le garçon.

Morgane le saisit par le bras.

— C'est à nous, annonce-t-elle en l'entraînant vers un essaim d'élèves bruyants.

Quelques-uns les regardent se placer en queue de leur colonne, mais lorsqu'ils se rendent compte que les deux intrus sont plus jeunes qu'eux, ils se détournent, la mine dédaigneuse, les ignorant complètement. Les classes pénètrent dans le Louvre les unes après les autres tandis que leurs accompagnateurs s'occupent de l'achat des billets. Les collégiens sont très nombreux, aussi les guichetiers ne s'avisent-ils pas de les compter car ils accordent une confiance totale aux enseignants. Chaque groupe s'attache ensuite à un guide. Pour éviter un encombrement dans les salles, ces derniers conduisent leurs troupes dans des espaces différents. Craignant de se faire repérer par la jeune femme qui les a guidés la veille, Morgane et Ludovic se joignent à un groupe qui se dirige vers les antiquités égyptiennes.

Pourtant, au bout d'un moment passé à

observer les sarcophages et les statues…

— Et si cette classe n'avait pas prévu de visiter le sous-sol ? marmonne Ludovic. Elle peut très bien se cantonner à l'Égypte.

Morgane ne répond pas, mais la remarque de son cousin la trouble. Elle entend alors qu'une classe est appelée pour descendre dans les souterrains, pendant qu'une autre en ressort.

— Changeons de groupe, conseille-t-elle.

Un gardien les aperçoit en train de courir d'un rang à l'autre. Intrigué, il s'avance vers eux.

— Vous savez avec quel enseignant vous êtes ? grogne-t-il en les toisant du haut de son mètre quatre-vingt-dix.

Ludovic sent les mots trembler dans sa bouche, mais Morgane ne se laisse pas intimider.

— Nous réalisons un travail de coordination, rétorque-t-elle. Comment les différentes périodes historiques se sont articulées entre elles, ce que l'une a emprunté à l'autre, etc.

Donc nous sautons d'une section à l'autre.

— Ah, fait le bonhomme, surpris par son aplomb et par sa repartie.

Du coup, il ravale ce qu'il voulait ajouter et, la classe avançant, il les suit des yeux, immobile, les mains dans le dos, secouant légèrement la tête.

— Où as-tu été dénicher des phrases pareilles ? chuchote Ludovic, admiratif.

— J'ai entendu ça un soir, à la télé, pendant que mes parents regardaient un documentaire. C'est du charabia d'adultes, mais ça en bouche toujours un coin.

Le guide mène sa troupe devant les fortifications souterraines, puis dans la salle basse Saint-Louis. Les élèves semblent peu intéressés : ils écoutent les explications d'une oreille distraite et discutent entre eux, obligeant leur professeur à intervenir trois fois pour les sermonner et ramencr lc silcncc. La visite s'achève sans qu'aucun n'ait fait allusion à la brèche.

Dès que les collégiens quittent la salle, et avant qu'un autre groupe ne fasse irruption, les deux cousins se glissent sous la bande rouge et blanche, et s'enhardissent à entrer dans la pièce interdite au public. C'est un simple espace vide, une sorte de vestibule.

— Je pense que c'est là que se tenaient les greffiers chargés de rédiger le déroulement des procès, suppose Ludovic.

— Possible, admet Morgane, mais alors pourquoi avoir muré la pièce ensuite ?

— Pour dissimuler quelque chose, réfléchit le garçon. C'est sans doute en rapport avec la tombe du chevalier.

— On ne le saura jamais, soupire la fillette. Voilà une énigme de plus.

Elle découvre l'entrée du tunnel dans la partie sombre de la pièce.

— Vite ! dit-elle. J'entends des voix. Une classe arrive. Il ne faut pas qu'on nous surprenne.

Ils s'empressent d'extirper les lampes-torches de leurs sacs, puis ils s'engagent dans la galerie au moment où des cinquièmes envahissent la salle Saint-Louis.

Le tunnel est étroit, il y fait noir comme dans un four. En tête, Morgane éclaire le sol deux mètres devant elle, alors que Ludovic dirige le rayon de sa lampe vers la voûte afin d'éviter de se cogner le front contre une aspérité.

— Chut ! fait Morgane comme le pied du garçon déloge une pierre qui rebondit en crépitant.

— Ça ne résonne pas, la rassure Ludovic. Et puis les paroles du guide ont couvert le bruit.

Ils progressent dans la galerie et aboutissent à une grande salle rectangulaire, divisée en plusieurs compartiments par de grosses grilles rouillées munies de portes aux barreaux épais.

— C'étaient les anciens cachots, comprend Morgane.

— Les archéologues y ont entreposé leur matériel, constate son cousin en dévoilant sous son faisceau lumineux des foreuses, des pics, des pelles, des casques et des chariots remplis de gravats.

Les ombres s'agitent à la lumière, énormes, déformées, dessinant des monstres sur les parois. Une grande partie de la salle reste plongée dans l'obscurité, repoussant ses limites à l'infini.

— La guide a dit hier que les archéologues étaient en train de dégager un passage vers le donjon, rappelle l'intrépide fillette. Mais où est-il ?

— Dire que Jehan de Maheut était enfermé dans une de ces cellules, souligne Ludovic, impressionné par l'atmosphère lugubre et oppressante des lieux.

— Longe un mur pour trouver l'entrée de

ce fichu tunnel, lui ordonne Morgane. Moi, je cherche d'un autre côté.

Les enfants se séparent, chacun promenant sa lumière sur les pierres des parois. Un crissement les fige tout à coup. Ils braquent leurs lampes dans la direction du bruit, animent des jeux d'ombres fantastiques, puis le noir se referme sur une partie de la salle.

— Ce devait être un rat, avance Ludovic.

— Continuons, souffle Morgane, nous devons être rentrés pour midi.

Les ronds de lumière se posent à nouveau sur les murs, se brisent dans les angles… Enfin !

— Là ! Un trou ! avertit la fillette. Il va falloir s'y faufiler à quatre pattes.

— Laissons nos sacs ici, propose son cousin. Nous les récupérerons au retour.

Ils les déposent au pied du mur, puis ils s'engouffrent l'un derrière l'autre dans le boyau.

C'est alors qu'une faible lueur s'allume dans les ténèbres. Elle s'élève et dévoile une silhouette. Celle-ci se dégage des masses noires qui encombrent les geôles, et s'approche du tunnel dans lequel les deux enfants viennent de disparaître.

« Qu'est-ce que ces deux petites fouines cherchent par ici ? Le garçon a évoqué Jehan de Maheut. C'est gênant, ça, très gênant. Il va falloir s’occuper d’eux. »

Pendant ce temps, le gardien qui avait parlé aux deux enfants s’étonne de ne pas les voir remonter avec la classe. « La fille a raconté qu’ils passaient d’un groupe à l’autre pour réaliser leur travail, mais en dehors des fortifications et de la salle basse, il n’y a rien à voir là-dessous. Bah, les deux gosses font peut-être des croquis. Ils vont réapparaître d’un instant à l’autre. »

3 L'effondrement

Sous le Louvre, Morgane et Ludovic sont parvenus devant un mur. La voûte du tunnel s'est surélevée, et les enfants peuvent se tenir debout.

— Qu'est-ce qu'on fait maintenant ? demande le garçon.

Morgane a l'air déçue et elle frappe les briques de ses poings.

— Tu ne pensais quand même pas découvrir la tombe du chevalier au bout du passage ? reprend son cousin. Les archéologues l'auraient…

— Ludo, ça sonne creux ! le coupe-t-elle. Il y a un vide là-derrière. Une crypte, une oubliette, un tombeau…

Ludovic cogne du poing sur le mur.

— C'est vrai, confirme-t-il, mais tu comptes l'abattre à coups de tête ?

— Il y a peut-être un système d'ouverture secret, espère-t-elle. Éclaire-moi !

Ludovic braque les deux lampes sur le mur, laissant à la fillette le soin de passer ses paumes sur les inégalités.

— Il y a une brique qui bouge, remarque-t-elle. Essayons de la dégager complètement.

Le garçon ramasse une pierre plate et tranchante. Il tend les lampes à sa cousine et entreprend de faire sauter le mortier qui retient la brique.

— Pousse-la, commande ensuite Morgane. Fais-la tomber de l'autre côté ! Nous pourrons regarder à travers le trou. Je suis sûre qu'on a emmuré le corps du Templier pour le soustraire aux recherches du roi Philippe le Bel.

— Han ! Han ! Han ! hoquette Ludovic en appuyant de toutes ses forces. Ça vient ! La brique s'est enfoncée de…

Il ne peut en dire plus. Le sol se dérobe sous ses pieds. Morgane et lui tentent de se retenir aux parois mais ils sont aspirés par un puits qui se creuse sous eux. De la terre et des cailloux accompagnent leur chute qui s'achève quelque trois mètres plus bas. Par chance, les lampes ne se sont pas cassées. L'une éclaire une paroi, l'autre un coffre de pierre recouvert d'une épaisse couche de poussière. Étendus sur le dos, le souffle coupé, les enfants aspirent à fond pour retrouver leur respiration. Ludovic est le premier à reprendre ses esprits.

— Morgane ! appelle-t-il. Morgane !

— Ça va, dit-elle. Le choc m'a un peu sonnée, mais je suis entière. Et toi ?

— Je me suis écorché le coude. Ç'aurait pu être pire.

Ils se relèvent en se frottant les bras et les jambes.

— Nous voilà bien, se lamente le garçon. Comment allons-nous sortir d'ici ?

Ils se baissent pour ramasser les lampes quand leurs regards tombent sur le caisson en pierre. Une bouffée d'air leur gonfle la poitrine. Un espoir fou. Leur cœur s'emballe.

— Et si… ? s'écrie Morgane en se précipitant vers ce qui paraît être un sarcophage.

La silhouette s'est arrêtée au bord du trou. Elle se penche mais ne voit rien en dessous,

si ce ne sont des mouvements de lumière qui dévoilent un monticule de gravats.

« L'occasion est idéale pour me débarrasser de ces deux-là. Ils ne peuvent pas remonter, c'est trop haut. Je vais les enterrer dans ce cul de basse-fosse, et on n'entendra plus jamais parler d'eux. »

Pour faire s'écrouler la voûte dans la fosse, l'individu a besoin d'outils, aussi décide-t-il de rebrousser chemin pour aller chercher une pioche et une pelle.

— Rien n'empêchera le Maître de faire percer un nouveau tunnel jusqu'au mur, puis de l'enfoncer pour parvenir à la tombe du chevalier, ricane-t-il en remontant le boyau à quatre pattes.

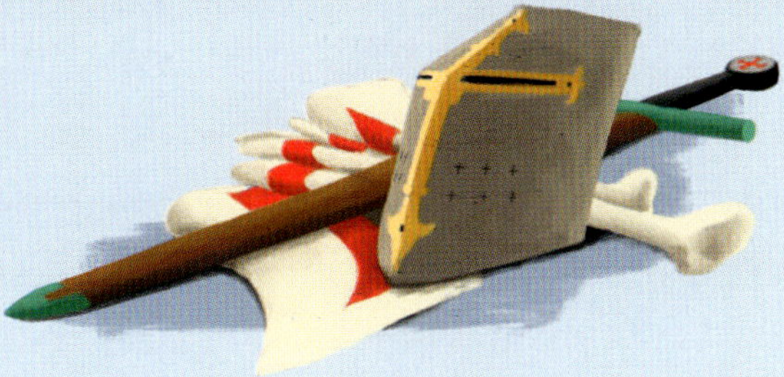

4 L'épée brisée

Dans une des salles du rez-de-chaussée, le gardien jette un coup d'œil sur sa montre. Plusieurs classes sont déjà revenues du sous-sol, mais toujours aucune trace des deux enfants qu'il avait repérés. « Je crains que ces deux gosses ne soient en train de faire des bêtises là-dessous, songe-t-il. Restés seuls, ils ont pu enjamber les cordons de sécurité. Je ferais bien d'aller voir. »

Morgane balaie de ses mains la poussière amassée sur le grand coffre de pierre et découvre, les yeux brillants… un sarcophage ! Ludovic, lui, envisage plutôt une solution pour ressortir du caveau.

— En dressant le couvercle contre la paroi, je pourrai grimper dessus et te faire la courte échelle.

Sa cousine l'écoute à peine. Ses doigts viennent de déceler des irrégularités sur la pierre. Non pas de simples trous ou des cassures, mais des lignes creuses.

— Il y a quelque chose, là, dit-elle d'une voix vibrante.

Elle pointe le faisceau de la lampe sur le couvercle. Intrigué, Ludovic se penche également sur la pierre.

— On dirait qu'on a gravé des…

— Des lettres ! souligne-t-elle.

Les enfants grattent les signes avec leurs

ongles. Comme cela ne suffit pas, ils éclairent autour d'eux, ramassent de petites pierres pointues et raclent la mousse et la poussière incrustées dans les caractères. Malgré quelques lettres détériorées ou à moitié effacées, ils parviennent à déchiffrer :

— Ci-gît J…n de … C'est un M, je suppose, lit Morgane. Mah…t. Jean de Maheut !

s'exclame-t-elle. C'est Jean de Maheut ! Nous avons trouvé la tombe du chevalier !

— Et l'indice ? L'indice qui mène au trésor ? lance Ludovic que l'excitation gagne à son tour.

— Il doit être à l'intérieur, avec le corps.

— Ah, fait le garçon, que la perspective de fouiller parmi les ossements ne réjouit guère.

Ils posent leurs lampes sur le sol, de façon à éclairer le cercueil de pierre, puis unissent leurs efforts pour soulever et déplacer le couvercle. La dalle glisse sur le côté, dévoilant un squelette en partie réduit en poussière et coiffé d'un heaume qui lui couvre le visage. Une croix pattée rouge est encore visible sur la cotte en lambeaux.

— La croix des Templiers, souffle Morgane. Je l'ai déjà vue dans les livres d'histoire.

Le regard de Ludovic est attiré par une épée engagée dans son fourreau, et qui repose au côté du chevalier.

— Le bras droit est dans une drôle de position, observe-t-il. Au lieu d'être étendu comme l'autre le long du corps, il est replié sur la poitrine et… et l'index semble montrer l'épée.

— L'indice est sur le fourreau, comprend Morgane qui se penche aussitôt sur les figures entrelacées gravées sur la gaine.

Le garçon veut voir et brandir l'épée du Templier. Il empoigne le pommeau et tire l'épée hors du fourreau.

— Hééé ! s'étrangle-t-il. Elle est brisée. Je n'ai jamais lu ni entendu dire qu'on enterrait un chevalier avec la moitié de son épée. Bien au contraire !

— Sauf si le fourreau cache quelque chose, siffle Morgane, saisie d'une brusque intuition.

Elle le détache du ceinturon, le retourne et le secoue légèrement. Un étui plat lui tombe dans la main. Elle l'ouvre et aperçoit un feuillet à l'intérieur.

— Le secret de Jehan de Maheut ! annonce-t-elle, triomphante. Nous sommes sur le chemin du trésor.

— On étudiera le parchemin plus tard, à tête reposée et au calme, recommande Ludovic, d'autant qu'il doit être très fragile et que nous avons les mains sales. Nous avons ce que nous voulions, alors fichons le camp d'ici maintenant !

Morgane range l'étui dans sa poche puis elle aide son cousin à traîner le couvercle du sarcophage vers la paroi.

— Si la tombe de Jehan de Maheut est ici, je me demande ce qu'il y a derrière le mur de briques, là-haut, s'interroge Ludovic.

— Peut-être une simple pièce du donjon, sans mystère, sans rien. Une cave, une ancienne réserve à vin ou une oubliette, va savoir.

— Et le piège ? insiste Ludovic. Il était là pour empêcher les intrus d'aller plus loin, non ?

Morgane exhale un soupir.

— Je ne sais pas. Peut-être le roi cachait-il son trésor et ses archives dans une pièce secrète, sans doute complètement vide à présent. Nous avons l'indice du chevalier, c'est tout ce qui compte.

Ils dressent la dalle contre la paroi, juste sous le trou. C'est alors qu'une voix retentit au-dessus d'eux.

— Vous ne sortirez pas de là, maudits cafards ! Ce trou sera votre tombe.

5 Dans le tombeau de Maheut

Les enfants sont pétrifiés par la peur. La tête grimaçante d'un homme se découpe dans l'ouverture.

— Que… que… bégaie Ludovic.

— Qu'est-ce que vous nous voulez ? s'écrie Morgane. Nous n'avons rien fait de mal.

Pour toute réponse, l'homme plante sa pioche dans la voûte et la secoue, provoquant la chute d'un amas de pierres.

— Il est fou ! s'écrie la fillette en s'écartant vivement.

Elle veut se réfugier au fond du tombeau, mais son cousin la retient.

— Il faut grimper avant qu'il ne fasse s'écrouler tout le plafond sur nous. Mets le heaume du chevalier pour te protéger la tête !

Morgane court retirer le casque du Templier puis, avec une moue dégoûtée, se l'enfonce jusqu'aux épaules. Ludovic essaie de grimper sur le couvercle du sarcophage, mais les chutes de pierres l'obligent à reculer. L'homme s'arrête tout à coup.

— Hé ! La gamine porte un casque ! s'aperçoit-il.

« Est-ce que ces deux loustics auraient trouvé la tombe de Maheut ? pense l'inconnu. Il serait là-dessous, non là-derrière ? » s'étonne-t-il en regardant le mur de briques.

— Oh, vous deux ! les hèle-t-il, je vous aide à remonter, et vous pourrez partir, si vous me dites d'où provient ce heaume ! Cette fosse, c'est un caveau ? Une prison ? Une chambre à armures de l'ancien arsenal ?

Les deux cousins se sont abrités près du sarcophage, là où les éboulements ne peuvent les atteindre. Morgane chuchote à l'oreille de Ludovic :

— Ce type cherche le trésor des Templiers. Si nous lui donnons l'étui, il ne nous permettra pas de sortir pour autant.

— Il faut lui raconter n'importe quoi, murmure le garçon, et espérer qu'il nous croira.

Les jambes tremblantes, il vient se placer sous l'ouverture et éclaire le visage de l'homme.

— Baisse ta lampe ! crache celui-ci.

« Un chauve avec une face en bec d'aigle, et des sourcils noirs et épais. Je ne suis pas près d'oublier cette bobine-là », se dit Ludovic avant de déclarer d'une voix mal assurée :

— C'est une oubliette. Le heaume était par terre, à côté d'un squelette enchaîné à un anneau.

L'homme laisse passer un silence avant de jeter :

— Je ne te crois pas. La dalle que ta copine et toi venez de dresser contre la paroi, c'est un couvercle de sarcophage, non ?

— C'est une dalle du sol, intervient Morgane qui a rejoint Ludovic sous le trou béant.

L'homme réfléchit.

— Il y a une croix sur la tunique du prisonnier ? questionne-t-il.

— Non ! Non ! se hâte de répondre la fillette.

Mais le mot est sorti trop vite. L'autre s'en est rendu compte.

— Tu mens ! crie-t-il, les traits déformés par la colère. Qu'est-ce que vous avez découvert là-dessous ?

— Rien du tout ! assure Ludovic qui se sent presque défaillir.

— Qu'est-ce que vous êtes venus chercher ici ? Qui vous envoie ?

— Personne ! On faisait une visite, on s'est perdus et on est tombés dans ce cachot, tente le garçon.

Morgane lui lance un regard signifiant que ses paroles sont bien maladroites, et que le type, là-haut, ne risque pas de les gober.

— Je vais descendre et examiner cette basse-fosse, les avertit ce dernier. Mais avant… !

Il frappe les parois à grands coups de pioche, faisant dégringoler quantité de pierres et de terre dans le boyau, puis il saisit sa pelle et projette les gravats dans la fosse, édifiant une rampe par laquelle il lui sera facile de remonter. Les enfants lui lancent des pierres pour le forcer à reculer. Mais cela n'arrête pas l'inconnu qui, tout en grommelant des injures et des menaces de mort, continue à déverser ses pelletées à travers l'ouverture.

Ludovic ramasse l'épée et la tient à deux mains, prêt à se battre quand l'homme bondira sur eux. Une grosse pierre dans la main, sa lampe dans l'autre, Morgane se prépare, elle aussi, à se défendre vaillamment.

— Mais… qu'est-ce qui se passe ici ? s'exclame tout à coup une voix grave. Qui êtes-vous ? Qu'est-ce que vous fabriquez ? J'ai trouvé deux sacs d'école à l'entrée du tunnel. Des gosses sont entrés avec vous ?

Passé l'instant de stupeur, l'homme au visage en bec d'aigle pointe sa pelle devant lui, telle une arme, et se rue sur le gardien. Les lampes tombent, sont piétinées. La lutte se poursuit dans le noir en une série de halètements, de cris de rage, de sons métalliques provoqués par la pelle heurtant les parois. Brusquement, une partie du sol cède sous le poids des deux adver-

saires, et ils sont précipités dans le caveau.

— Allons-y ! claque Morgane en lâchant sa pierre et en retirant son heaume.

Vite, les enfants foncent vers la rampe de terre. S'aidant de la lame de l'épée qu'il enfonce dans l'éboulis pour éviter de trop glisser, Ludovic parvient le premier au sommet. Il se jette aussitôt à plat ventre, tend la main à sa cousine et la tire à lui.

— Courons chercher de l'aide ! souffle

Morgane. Il faut secourir le gardien et faire arrêter l'autre homme.

— C'est un malade ! halète Ludovic en abandonnant l'épée pour se faufiler à quatre pattes dans le boyau.

— Je ne crois pas, corrige Morgane en le suivant. Je ne sais pas d'où il sort, mais il est sur la piste du trésor des Templiers. Je suis certaine que c'est lui ou celui qui l'emploie qui a fait stopper les travaux des archéologues. Nous avons cependant une avance sur lui, car nous détenons l'indice.

— Sauf s'il nous rattrape, bredouille Ludovic, la peur au ventre.

Sitôt hors du passage, les enfants empoignent leurs sacs et se dépêchent de traverser la grande prison encombrée de matériel pour rejoindre le tunnel menant à la salle Saint-Louis.

— On va nous interroger, s'affole le garçon. Qu'est-ce qu'on va dire ?

— Sais pas, expire Morgane. On prévient quelqu'un et on disparaît.

6 La fuite

Dans le caveau, l'inconnu a réussi à assommer le gardien avec le plat de sa pelle.

« Ces garnements m'ont échappé, enrage-t-il. Ils vont certainement appeler des secours. J'ai peu de temps pour découvrir ce qui se cache ici. »

Il retrouve sa lampe dans les gravats, éclaire le sarcophage, fouille la dépouille du chevalier…

« C'est bien le Templier Jehan de Maheut, mais où est l'indice qui mène au trésor ? »

Il s'aperçoit que l'épée n'est plus dans son fourreau.

« L'indication est gravée sur l'épée, » présume-t-il.

Il explore l'endroit. En vain. « Ces deux petits fouinards l'auraient-ils emportée ? s'interroge-t-il. Je dois absolument remettre la main sur eux. Et pour cela, sortir du Louvre en toute sécurité. »

Il s'approche du gardien et commence à lui retirer son uniforme.

Morgane et Ludovic débouchent dans la petite pièce attenante à la salle Saint-Louis, déserte à cet instant. Ils franchissent la brèche, sortent de la salle en courant et remontent vers

le rez-de-chaussée. C'est alors qu'ils croisent la jeune femme qui leur a servi de guide, la veille, et qui conduit une classe au sous-sol.

— Un gardien a été attaqué au bout du passage que les archéologues ont creusé ! lui crie Morgane.

— Quoi ? Mais… ? Je vous reconnais, vous deux. D'où sortez-vous ? Vous êtes maculés de terre.

— Vite, madame, appelez de l'aide ! renchérit Ludovic. Un gardien est peut-être en train de se faire tuer dans le caveau du chevalier.

Il se mord aussitôt les lèvres, conscient de son erreur. Sa cousine lui décoche un regard noir, à le foudroyer sur place.

— Qu'est-ce que vous racontez ? se raidit la guide, incrédule.

— On s'arrache ! glapit Morgane en agrippant le garçon par sa manche.

— Hééé ! Attendez ! s'écrie la jeune femme comme les élèves se mettent à pousser des exclamations et à lâcher des commentaires.

— Ils sont fous, ces deux-là !

— Tu crois que c'est vrai ?

— Ils tournent un film ?...

Attirés par les cris, des agents de la sécurité arrêtent les deux cousins et leur demandent de s'expliquer.

— Nous étions dans la salle basse Saint-Louis quand nous avons vu, de l'autre côté de la brèche, deux hommes qui se battaient, rapporte Morgane, arrangeant l'histoire à sa façon.

— L'un d'eux était un gardien, précise Ludovic.

— Ils ont parlé du tombeau d'un chevalier tout en échangeant des coups, poursuit la fillette. Le gardien s'est sauvé par le tunnel, et l'autre s'est lancé à ses trousses. Nous avons voulu les suivre pour voir ce qui se passait, mais nous avons rebroussé chemin tout de suite. C'est sale, achève-t-elle en montrant ses mains, clouant net les questions qui pourraient porter sur leur état.

— Il faut vous dépêcher d'aller là-bas, les presse Ludovic.

— Vous, débarbouillez-vous dans les toilettes et attendez notre retour, ordonne l'un des agents. Nous aurons sans doute quelques éclaircissements à vous demander.

— Bien, monsieur, fait Morgane en baissant les yeux.

Elle regarde les agents se ruer dans l'escalier qui mène vers les souterrains, puis…

— Fichons le camp ! Nous nous laverons à l'eau d'une fontaine.

— Et nos vêtements ?

— Nous raconterons à nos parents qu'un échafaudage s'est écroulé et que nous avons reçu une pluie de gravats et de poussière sur nous. Cela expliquera aussi pourquoi nous ne sommes pas allés en classe ce matin. Tu verras, Ludo, on va même nous plaindre et nous bichonner.

— C'est de la terre, pas du plâtre qu'on a sur nous, lui fait remarquer son cousin.

— Il y a des travaux dans un immeuble sur le chemin de l'école. Nous n'aurons qu'à frotter un peu de poussière de plâtre sur nos vêtements.

— Tout est toujours si simple dans ta bouche, soupire Ludovic en suivant la fillette vers la sortie.

7 Les mots de trop

L'homme au visage en bec d'aigle vient de se hisser hors du caveau, laissant le gardien inanimé près du sarcophage. Ce dernier est revenu à lui pendant que l'autre procédait à l'échange de vêtements, mais un nouveau coup de pelle lui a fait reperdre connaissance. L'inconnu s'apprête à se faufiler dans le boyau quand il avise l'épée sur le sol. Il s'en empare, la dissimule sous sa veste et, tout en s'engageant dans l'étroite galerie, il se demande si les gosses l'ont lâchée dans leur fuite ou si l'arme ne représentait rien pour eux.

« Dans ce cas, cela signifie que l'indice est ailleurs, songe-t-il. L'ont-ils trouvé et emmené avec eux ? Ou étaient-ils venus là poussés par la curiosité ? Quoi qu'il en soit, ils m'ont vu et sont donc un danger pour moi. J'ai intérêt à retrouver rapidement leur piste. »

Il tombe sur les agents au moment où il s'extrait du boyau. C'est avec une rare audace qu'il s'adresse alors à eux.

— Enfin, vous voilà ! Les enfants vous ont alertés, c'est bien. J'ai réussi à repousser mon agresseur. Il a dégringolé dans un trou. Allez vite le cueillir ! Méfiez-vous, c'est un dur !

Trompés par l'uniforme, les agents négligent de dévisager l'homme, et ils se hâtent de pénétrer à la queue leu leu dans le passage.

Un rictus de satisfaction aux lèvres, l'inconnu s'empresse de quitter les lieux. Après avoir longé un nouveau tunnel, il franchit la brèche qui donne accès à la salle Saint-Louis et se retrouve nez à nez avec une classe. Il baisse la visière de sa casquette sur ses yeux et, jouant son rôle de gardien à la perfection, il s'approche de la guide.

— Vous n'avez pas vu filer deux gosses, les mains et les vêtements tachés de terre ? Ils ont commis quelques dégâts dans une galerie.

— Si ! répond la jeune femme, sidérée. Ils étaient déjà venus hier, et c'est moi-même qui ai fait découvrir le sous-sol du Louvre à leur classe. Ils m'ont signalé une bagarre dans un tunnel. Qu'est-ce qui se passe exactement ?

— Rien du tout, ment l'homme. C'est une invention de ces deux jeunes pour pouvoir filer en douce. Mais eux ont laissé des graffitis sur un mur. Je dois donc rédiger un rapport. Savez-

vous de quelle école ils proviennent, ces deux gamins ? Et auriez-vous entendu leur nom, par hasard ?

— Euh… réfléchit-elle. Leurs noms, non, mais je me souviens de celui de leur école.

Elle lui communique le renseignement, puis s'étonne de voir l'homme tourner les talons et décamper au plus vite.

« C'est étrange, rumine-t-elle. Je ne me souviens pas de l'avoir remarqué parmi les gardiens, celui-là. Est-ce qu'il n'a pas aussi de la terre sur son uniforme ? »

— Hum ! Hum ! tousse l'enseignant qui patiente avec sa classe, réclamant l'intervention de la guide.

— Oh, excusez-moi, se reprend la jeune femme. Nous sommes ici dans la salle de justice de Saint Louis, déclame-t-elle d'une voix automatique. Vous noterez la présence de deux colonnes…

8 Les mots d'outre-tombe

Le même soir, Morgane vient d'expédier ses devoirs au lance-pierres, l'esprit accaparé par ce qu'elle a vécu au Louvre. Et puis, surtout, elle pense au parchemin. Le document, translucide, comporte un signe étrange – un petit cercle prolongé par un trait – ainsi qu'une phrase particulièrement obscure : « La voie est au fond de l'éternité. » La tête serrée entre ses mains, les yeux fermés, la fillette se répète la phrase, inlassablement, cherchant à en deviner le sens. Mais c'est peine perdue.

« Qu'est-ce que ça veut dire, mais qu'est-ce que ça veut dire ? se désespère-t-elle. Si le trésor est au fond de l'éternité, il est perdu à tout jamais. » Elle réfléchit, se persuade que leurs richesses n'ont pas disparu, sinon pourquoi les Templiers auraient-ils laissé des indices pour les retrouver ? « Ludo vient demain après-midi. Chacun exposera ses hypothèses. À deux, nous parviendrons peut-être à soulever un pan du mystère. »

Morgane entend tout à coup l'air si caractéristique des actualités télévisées. Elle sort de sa chambre en coup de vent, fonce vers le salon et se jette sur le canapé entre son père et sa mère. Le présentateur annonce les titres avec une phrase de commentaire. Le cœur de Morgane bondit dans sa poitrine lorsqu'il indique :

Forte émotion au Louvre : une altercation entre deux hommes permet la découverte d'un tombeau oublié. La fillette feint aussitôt la surprise.

— Hein ? s'exclame-t-elle. J'étais au Louvre, hier, avec ma classe. Vous vous rendez compte si c'était arrivé à ce moment-là !

— Je me demande comment une simple querelle peut aboutir à une trouvaille aussi exceptionnelle, s'étonne son père.

— Le sol a pu s'effondrer pendant qu'ils se battaient, suggère Morgane.

— C'est impossible, réfute sa mère en haussant les épaules. Les dalles du musée ne sont pas en carton.

« Vous verrez bien », glousse la fillette avec un petit air amusé. Les nouvelles et les reportages se succèdent à l'écran. Morgane ne peut réprimer un frémissement quand le journaliste aborde enfin le sujet tant attendu. Un reporter apparaît en plan rapproché, sur fond du Louvre, et explique qu'un gardien a été agressé dans une des galeries par un inconnu qui a réussi à prendre la fuite en subtilisant l'uniforme de sa victime. Victime dont les jours ne sont pas en danger, ajoute-t-il. Quand un des responsables du Louvre intervient, déclarant que le sol s'est écroulé au cours de la lutte, les parents de Morgane se tournent vers leur fille et la dévisagent comme si elle avait le don de prévoir les choses.

— Ça alors, laisse échapper sa mère. Pour un peu, on dirait que tu étais sur place.

Morgane sent le rouge lui monter aux joues. « Morgane, Morgane, apprends à tenir ta langue, pense-t-elle très fort, sinon ça va te jouer des tours. »

La caméra montre le trou dans le sol, puis le tombeau du chevalier ainsi que les restes de son corps. Elle s'attarde ensuite sur l'inscription gravée sur le couvercle du sarcophage.

« Il s'agit d'un Templier, reprend le commentateur : le chevalier Jehan de Maheut, persécuté par le roi Philippe le Bel au début du XIVe siècle. Concernant l'agression, les raisons qui ont poussé l'individu à pénétrer dans les galeries souterraines du musée demeurent pour l'instant inconnues. »

Le reportage s'arrête là. Les parents suivent le reste des actualités, mais Morgane n'écoute plus. Personne n'a fait allusion aux deux enfants qui sont à l'origine de l'affaire. « C'est Ludo et moi qui avons découvert la tombe de Maheut. Ni le gardien blessé, ni les agents de sécurité, ni la guide n'ont parlé de nous. Pourquoi ? »

Elle exhale un gros soupir de déception. « D'un autre côté, pense-t-elle, cela nous met à l'abri d'une vengeance de l'homme au visage en bec d'aigle. » Frustrée et rassurée à la fois, Morgane se lève et retourne dans sa chambre.

La nuit venue, Morgane tarde à trouver le

sommeil. Les yeux ouverts dans l'obscurité, elle se prend à rêver à la célébrité. « Si l'autre assassin ne s'était pas mêlé à notre histoire, Ludo et moi serions des vedettes actuellement. On nous aurait pardonné notre incursion dans le tunnel des archéologues. Les médias auraient fait de nous des héros pour avoir risqué notre vie en tombant dans le caveau. On aurait même pu nous proposer de tourner dans un film retraçant notre aventure et ses dangers. Au lieu de ça… »

Elle pousse une sorte de gémissement et expire bruyamment une boule d'air qui oppresse sa poitrine.

— Au lieu de ça, poursuit-elle à voix haute, au lieu de briller sous les feux des projecteurs devant les journalistes, je suis là, seule dans le noir, à me poser toutes sortes de questions.

Morgane se tourne sur le côté, essayant de s'endormir. Une bouffée d'orgueil l'enflamme soudain.

— Oh, mais nous aurons notre revanche, Ludo et moi, quand nous mettrons au jour le formidable trésor des Templiers que certains recherchent depuis des siècles. On parlera de nous partout, et notre renommée atteindra… atteindra… grimpera au moins jusqu'aux étoiles ! conclut-elle, le monde lui paraissant brusquement trop petit pour un tel dénouement.

9 La révélation

Le lendemain, un mercredi, Ludovic se rend chez sa cousine en début d'après-midi. Très vite, les deux enfants se retrouvent dans la chambre de Morgane, penchés sur le parchemin de Jehan de Maheut. Pourtant, ils ont beau tourner et retourner la phrase dans tous les sens, celle-ci reste toujours aussi énigmatique pour eux.

— Je ne comprends pas, se désole le garçon.

Je ne comprends vraiment pas comment le chemin menant au trésor peut se trouver au fond de l'éternité. Ça veut dire quoi ? Qu'il faut vivre mille ans pour le trouver ? Qu'il est caché au fond des pyramides ?

Morgane a un sursaut. Les pyramides ! Mais ses épaules s'affaissent presque aussitôt. Non, la pyramide devant le Louvre n'existait pas à l'époque de Jehan de Maheut. Il faut creuser ailleurs.

— Pas des pyramides, dit-elle. C'est autre chose. Peut-être un autre monument ?

— C'est bizarre, marmonne Ludovic en étudiant le feuillet. Il est quasiment transparent. On dirait un calque.

— Oui, confirme la fillette. Mais un calque, ça se pose sur quelque chose.

— Et qu'est-ce que c'est que ce signe ? Un rond et un trait. Ça n'a aucun rapport avec la phrase.

Ludovic se fige tout à coup.

— À moins que… prononce-t-il.

— Quoi ?

— Tu as une carte de Paris ?

— Mes parents doivent en posséder une. Je vais voir dans le bureau de papa.

L'instant d'après, Morgane revient en brandissant sa carte. Elle la déplie et l'étale sur le sol.

— Il faut nous en tenir à ce que connaissait Jehan de Maheut, recommande Ludovic en s'agenouillant à côté de sa cousine. Le cercle pourrait représenter le donjon rond du Louvre. Du moins, c'est ce qu'on va imaginer comme point de départ.

Il pose le parchemin sur la carte, faisant coïncider le rond avec le Louvre.

— Ce n'est pas très précis, constate Morgane.

— Parce que le Louvre a changé au cours des siècles. Et puis la carte n'est pas à la bonne échelle. On avance dans l'approximatif, mais c'est ça ou rien. Alors…

Le garçon fait ensuite pivoter le trait autour de son axe. La tête contre celle de son cousin, Morgane relève les rues et les bâtiments balayés par l'arc.

— Là ! s'exclame-t-elle, la voix vibrant d'émotion. L'extrémité de la ligne indique Notre-Dame !

— Oui, approuve Ludovic. Aucun autre monument important ne se trouve dans le secteur délimité par le trait.

— C'est la cathédrale, j'en suis sûre ! jubile Morgane. Notre-Dame de Paris existait au temps de notre chevalier, et puis… et puis, s'excite-t-elle, une cathédrale est vouée à l'éternité ! Les Templiers n'allaient pas dissimuler leurs richesses…

— Leurs indices, la coupe Ludovic, leurs indices…

— … leurs indices, rectifie-t-elle, dans un bâtiment qui risquait d'être détruit au fil des ans. Il leur fallait un édifice qui défie le temps, qui survive à toutes les époques, sinon le fil était rompu. La cathédrale Notre-Dame représente bien le symbole de l'éternité. C'est là qu'il va falloir continuer nos recherches.

— Le message parle du fond de l'éternité, rappelle le garçon. Ça doit faire référence à ce qu'il y a sous Notre-Dame.

— Je sais qu'il y a une crypte sous la cathédrale, et qu'on peut la visiter. Les archéologues y ont découvert des vestiges datant des Gallo-

Romains et du Moyen Âge.

Morgane rayonne. Elle lève la main, paume tournée vers Ludovic.

— Paré pour la suite de l'aventure ? lance-t-elle.

— Paré ! répond son cousin en claquant sa main contre la sienne.

10 Épilogue

Au même moment, dans une riche demeure d'un quartier parisien, l'homme à la figure d'aigle se tient devant un demi-cercle de personnages vêtus d'une tunique sombre, tous ayant le visage camouflé sous un masque rouge.

— L'examen de l'épée n'a rien révélé, annonce-t-il. L'indice est resté au fond du tombeau, ou bien il a été emporté par les deux enfants.

Assis sur un siège à haut dossier, les mains sur les genoux, le Maître émet un grognement de colère. Les membres de la confrérie demeurent immobiles, pareils à des statues d'ombre, mais l'homme du musée sent leurs regards braqués sur lui. Des regards durs, cruels, impitoyables.

— Je… je retrouverai leurs traces, promet-il. Je sais où ils vont à l'école. Il me suffira de les suivre à la sortie des classes et… hum…

Il se tait, comprenant que ses paroles ne pèsent pas lourd face à son échec.

— Je rapporterai l'indice, assure-t-il en raffermissant sa voix. Je suivrai la trace des Templiers, et leur trésor tombera entre nos mains, mes frères.

— Je l'espère pour toi, l'Aigle, gronde le Maître. Va, et ne nous déçois plus ! Nous n'avons que trop attendu. La patience n'est pas la vertu des Masques Rouges.

À suivre…

Suis l'enquête de Morgane et Ludovic
dans le tome 2 des
Monuments de l'ombre !

Les monuments DE L'OMBRE

Découvre les autres héros de la collection **Pas de géant** !

Pardon Simon

L'échange

Bienvenue au refuge
de Kobikisa !

Découvre les autres héros de la collection Pas de géant !

Le journal de Lola

Princesse LinYao
et la perle d'immortalité

Table des matières

Un petit mot de l'auteur et de l'illustratrice

Déjà enfant, **Alain Surget** cherchait des trésors dans les champs de pommes de terre. Comme il n'en a jamais trouvés, il raconte maintenant des histoires dans lesquelles ce sont ses personnages qui se mettent en quête de trésors de pirates ou de chevaliers. Et il espère beaucoup qu'ils auront plus de chance que lui !

Comme Morgane et Ludovic, je passe mon temps depuis toute petite à chercher des indices qui me permettront de découvrir un trésor. J'en trouve un de temps en temps, généralement au moment où je m'y attends le moins et c'est rarement ce que j'avais imaginé. Mais ce qui est le plus intéressant finalement c'est le chemin qu'on a parcouru et les obstacles qu'on a surmontés, sinon ce serait trop facile et le trésor ne nous semblerait plus si précieux. Ma route à moi m'a menée à l'illustration entre autres jolies révélations, et il me reste encore beaucoup à découvrir. Je souhaite à chacun de dénicher ses propres indices sur sa voie personnelle… et de passer un agréable moment en compagnie de Morgane et Ludovic, qui sont loin d'avoir terminé leur enquête !

Mary-Gaël Tramon